句集

くりうむ
그리움

金 利恵
KIM RI - HAE

コールサック社

序

金利恵第一句集『くりうむ』に寄せて

韓国の舞姫、金利恵さんに再会したのは二〇二三年九月十七日、「黒田杏子先生を偲ぶ会」でのこと。会場の喧騒の中に私の姿を見出し、駆け寄ってくださったのだった。旧知の間柄ではあったが、それほど親しかったわけでもない。だがお互いに手をとりあわんばかりに懐かしい感情が溢れたのは、その場の磁力、亡き師のお導きというほかはなかろう。

利恵さんに初めてお会いしたのは二〇〇八年の暮、東京墨田区の向島百花園でのことだ。園内の御成座敷では「藍生」のメンバーを中心とする句会が定期的に開催されていたが、時折ゲストをお迎えすることがあった。

冬麗にたつからくにの舞人も　　正子

それからほどなく、やはり百花園に見覚えの姿があった。

舞人に会ふさきがけの花の下　　正子

こちらは日付まで残っている。二〇〇九年三月二十四日のことだ。利恵さんは庭園の下駄を突っかけて、桜のたもとに佇んでおられた。庭下駄姿でも佳き人は佳きと妙な感心のしかたをしたのを覚えている。
三度目は二〇一一年の夏。その年の「藍生」の全国大会は鎌倉で開催された。その懇親会場に純白の衣で登場なさったのだった。

星空に立ち舞ひびとの袖涼し　　正子

海に向かう大きな窓を背に舞う姿は、今も瞼の裏に鮮しい。容姿の麗しさだけではない。利恵さんの存在によって、私は母語と母国語の違いを強く認識することとなった。お目にかかって言葉を交わしたのはただの三度であるが、そのひとを三度詠んだというのは、利恵さんをおいて他にないと思う。

その後は劇場へ伺ったことはあるが、「藍生」誌上でご活躍の様子を知るのみであった。そうして迎えた二〇二三年だったのだ。

会場で利恵さんは、句集を準備中であること、先生に序文をお願いできなくなってしまったことを語られた。そして〈袖涼し〉の句を口ずさまれ、この句をゆかりとして序文を私に、とおっしゃったのだった。

新しく発足した結社「青麗」にありがたくもご同行いただいているが、利恵さんは黒田先生の愛弟子であり、この一集は黒田先生と育まれた玉《ぎょく》である。憚りながら序文を申しつかった者として、まず出逢いの鮮烈さをここに留めておきたい。そして「藍生」に「藍生文庫」があったように、「青麗文庫」を設えることによって、利恵さんの新たな出発を寿ぎたい。

舞と俳句の二つは、利恵さんを介して「俳舞」という新たな命を授かるに至った。今後のご精進とますますのご発展を心よりお祈り申し上げる。

二〇二四年立春

高田　正子

金利恵　句集　くりうむ／그리움　目次

金利恵　句集

くりうむ／그리움

I

起：기《キ》

起こす

六一句

くりうむは花の奥またその奥へ

＊くりうむ（그리움）…愛おしさ、恋しさ、懐かしさ

小さきものすみれに語るときは母語

春愁や犬の眼人の眼私の眼

おとなしく攫はれてをり牡丹雪

雪の果見とどけにゆく切符買ふ

叱られて雛のあられを指で壓し
迷ひ子となり泣いてゆく春の宵

センバツの背番号3兄の春

春宵やなにかを踏みてゐる心地

水温む許せぬことと許すこと
おだまきの背中で風に爪立てる

くちびるに花ひとひらや多弁恥づ

舵取りはどのひとひらや花筏

もう一度濃きルージュ引くコッセムチュウィ

＊コッセムチュウィ（꽃샘추위）…早春に花が咲くのを妬む寒さ

広げたるチマ落花受く春を受く

横臥して空遠くあり花疲れ

剝落の刹那目つむる花吹雪

やはらかきもの春の宵かすていら

夏空はパランぱらん파《パ》랑《ラン》あをし

*パラン（파랑）…青

新樹にはアンニョンハセヨと挨拶す
*アンニョンハセヨ（안녕하세요）

みな去りて公園葉ざくらとわたし

髪洗ふどこか遠くへゆきたあい

新緑にうつむき女高生らゆく

球ひろひばかり汗拭く補欠の子

蟻の列跨ぎ青信号をゆく

叱られて手折るねぢ花日暮道

沈黙の逢瀬水際花菖蒲

廃屋のほたる袋はうなだれて
身を折りてくちなしの香に近づかむ

くちなしの触るれば頷きてかをる

髪束ね走る夕立より疾《はや》く

大西日たばこの痕濃き六畳間

夕焼やうそつきの細頸かしげ

愛されず少女夕焼坂のぼる

パラソルを開くわたくしここに在る

青葉眼に含みて帰る道さみし

百日紅こぼれて青き空残り

読みかけの本とノートと大西日

鶏頭花胸の高さに佇ち炎ゆる

もう家に戻らぬ鰯雲とゆく

争ひてハングルさみし鳳仙花

虫の声もつと遠くへ連れてつて
たれもゐぬソウルわたしに秋の暮

1の字になり秋空に飛び込まむ
舞ひ終へて色なき風と添ひ寝して

背伸びせむ鎖骨に秋日届くまで

月光に見つからぬやう路地に入る

手も脚も息も心も月なぞる

道の端うなづきあひて秋桜

秋霖や母国・母国語・母語・祖国

平日のひとり遊びのひよんの笛

ソウルの骨董品街仁寺洞《インサドン》吟行にて

黄落の窓舞姫の写真立て

＊舞姫…第二次世界大戦中に「半島の舞姫」と賞賛された崔承姫
（최승희　チェ・スンヒ）

冬木立心のかたち身のかたち

帰り花母は日記帳開く

母国語の刃光りぬ初時雨

玄関に靴一足の寒さかな

火照る指革手袋に閉ぢ込めむ

一日の余白午後四時白障子

寒月や背より抱かれふり向けば

寒の雨つづくソウルの無言劇

風花を追つて見知らぬ町に出る

Ⅱ　景：경《キョン》　展く

六九句

月の壺《タルハンアリ》あぢさゐの藍あふれさせ

*月の壺（달항아리）…李朝白磁満月壺

柳絮飛ぶ失ひしもの追ひかけよ

咲けばまた吾を哭かせて沈丁花

旧正の廣大《クアンデ》おどけて綱渡り

*廣大（광대）…仮面劇、人形劇などを生業とした芸人、役者

光化門《クァンファムン》出で春陰の街に入る

*光化門（광화문）…景福宮の南門

病棟の坂れんげうの花かぞへ

錠剤の色さまざまや春日影

高層の病室出航春夕焼

患ひの人ら行き交ふ春の闇

コムシンは小さきゴンドラ春逍遥

*コムシン（고무신）…韓国伝統の履物

散る花に道を譲りて陰に入る

花ぼこり連れて軍服帰省バス

立膝の床の冷たさ花の塵

夕暮れてチマ薄墨のさくら色

＊チマ（치마）…韓服のスカート

あいまいなままで別れし花の雲

花ぐもり白磁の底をのぞきこみ
半地下の窓にも降りぬ花一片

荒東風に若者闊歩頭突き

また触れてみむ沈丁は千《チョル》里香《リヒャン》

*千里香（천리향）…沈丁花

李良枝《イヤンジ》逝く

風立ちて彼女を連れてゆく驟雨

釦ひとつ外し五月の母の美し

うすものの袂は風の棲むところ
パッピンス溶けて怠惰になりにけり

*パッピンス（팥빙수）…氷あずき

誘はれてニセアカシアの下に佇つ
牡丹散る心変はりに追ひつけず

白牡丹たれか手折りてゆきし跡
黒日傘踏み入る三解脱門に

木下闇母悲しますす母の恋

傘閉ぢて母にもどらむ梅雨の朝

日記帳梅雨のにほひのするページ

犬連れて遠くまでゆく梅雨晴間

虎が雨板門店《パンムンジョム》の屋根叩く

＊板門店（판문점）…軍事停戦委員会板門店共同警備区域

日暮までしやがんでおりぬ木下闇

キムチ汁撥ね緋を刻す韓薄衣

尹《ユン》東《トン》柱《ジュ》の緑雨の丘に囀れる

＊尹東柱（윤동주）…第二次世界大戦中、同志社大学留学中に治安維持法違反の疑いで逮捕され、二十七歳で獄死した詩人

蟬時雨登る這ふ吸ふしがみつく

花魁《おいらん》草《そう》剪りておひとりさまの宴

峰雲にかさね真白きシャツを干す

置時計かかへて晩夏父帰る

まろき尻をんな浴衣の横すわり

それぞれの窓に夏雲アパート群

下闇に片足容れたままでをり

水無月や含みしをいま吐き出さむ

半島の片蔭ハラボジパジチョゴリ

＊ハラボジ（할아버지）…お爺さん
パジチョゴリ（바지저고리）…男性の韓服

城郭のこちらとあちら黒揚羽

城壁の曲線の先雲の峰

夕焼のありか尋ぬる地図欲す

「キンさん」と我が名呼ばれぬ秋学期
福耳のおとうとひつじ雲に乗る

秋空や「じゅうごえんごじっせん」言へず

＊関東大震災（一九二三年九月一日）の発生直後、流言飛語による朝鮮人討伐により多くの犠牲者が出た。語頭の濁音を正確に発音できない朝鮮人を識別するのに「十五円五十銭」と言わせた

広げ干す赫き勾玉唐辛子

ソウル拘置所　二句

面会のまへ秋桜とゆれてをり

一丁の豆腐と吾に秋日差

＊出所時には「豆腐を食べさせよ」という習わしがある

帆を高く上げ月白の街を曳く
赤い紐結べぬままに月の夜

居待月伽倻琴《カヤグム》の弦ととのへて

花すすき分け入りて吾も波となる

＊伽倻琴（가야금）…韓国の琴

そおつとそおつと木犀に近づかむ

玄海を渡りし祖父に冬銀河

地下道を抜くれば冬の雨細し

虎落笛くちぶえ吹けば哭きはじむ

冬帽子振つて青年帰国船

沈黙の国際ゲート冬の底

韓《から》瓦《かわら》反りて寒三日月吊るす

寒月や母との通話短くて

待ちぼうけ西口冬夕焼果つる
ひとさしを舞ひ寒紅をさしなほす

犬の眼のなか寒雀よく弾む

まなうらに旅始まりぬ日向ぼこ

Ⅲ 結・결《キョル》

結ぶ

七三句

ひらひらと夢に火照りぬ酔芙蓉

異文化といはず多文化すみれ咲く

訣別ののち海を見む黄水仙

飴売の鋏の音や三一節《サミルチョル》

*三一節（삼일절）…一九一九年三月一日、日本植民地支配に抗し
自主独立を求めた運動の記念日

春の泥つけてビーグル声変はり

潔白よけつぱく雪やなぎゆるる

舞の手の春宵掬ひては伏せて

春昼やパンソリ名唱唸る哭く

＊パンソリ（판소리）…語りと唱による韓国伝統芸能

ほむら立ち下手《しもて》より出づ花かがり

思ひ出を発たす花筏に積みて
花しぐれ告解のあと髪濡れて

花冷に触れてはならぬ耳朶《じだ》秘めむ

ハイウェイ左れんげう右さくら

休戦線《ヒュジョンソン》のあたり半島花ぐもり

*休戦線（휴전선）…軍事境界線

糸ざくらこの世かの世のなななぬか

花吹雪満中陰を今日終へて

李御寧先生をお送りする

花筵アリランチャンゴチマチョゴリ

＊チャンゴ（장고）…伝統打楽器
チマチョゴリ（치마저고리）…女性の韓服上下

病棟の翳一本のおそざくら
追憶のかけら遊びを春の夜

春風に結びなほしてオッコルム

＊オッコルム（옷고름）…韓服上衣の結び紐

一本の太き綱請ふ雲の峰

鳴りやまぬ風鈴胸の木につるす
あぢさゐの鉢抱き帰る身ごもりぬ

讃美歌の窓にさざめき椎若葉

吾子だけのための乳房や聖五月

新緑の君の忌日を数へをり
意味だけを求めるのかと日雷

机上にて聖書膨らむままに梅雨

百日紅植ゑむペギルチャンチの日

*ペギルチャンチ（백일잔치）…生後百日の祝い

刃を咥へ跳ぬる巫堂《ムーダン》魂迎
*巫堂（무당）…巫女
鍋の底強く磨く夜青嵐

黒南風やスータンの裾揺らし去る

＊スータン…神父が着る黒い服

捩花やわけを問ふともこたへぬ子

陶山《トサン》書院《ソウォン》一匹の蜘蛛を飼ふ

*陶山書院（도산서원）…朝鮮時代の儒教学者である李滉《イファン》を讃えて
建てられた書院

花かぼちゃ星落ちたのと子に問はれ

喪服詰め終ふる荷作り明易し

赤きチマまみどりの底泳ぎゆく

＊新婚時、新婦は赤いチマ（치마…スカート）と緑のチョゴリ（저고리…上衣）を着るのが伝統的習わし

夕立のあと報せ来る小鳥啼く

背の高き女向日葵と揺れてをり

片蔭の指定席あり庭の犬

竹婦人残し駐在員帰国

和太鼓奏者、林英哲さんとの舞台で

大地踏み月打つ男肩涼し

中山ラビさんの訃報を受けて

鳳仙花はぢけた彼女旅立つた

猫じゃらし撫でて別れの儀式とす

太極旗《テグッキ》にアイロンがけす光復節《クアンボクチョル》

＊太極旗（태극기）…大韓民国国旗
光復節（광복절）…解放記念日　八月十五日

唐辛子舌に残りて嘘つかむ
感情線のままにゆく秋の奥

煙突は炭鉱の跡花すすき

白き箱抱いて兄ゆく秋時雨

秋冷や両目濡らして犬吠えず

市の裏残飯喰らふ秋の犬

螻蛄鳴くや五十男の幼き背

稽古場の向ひの窓に夜業の灯

窓の外柿熟るるけふ初舞台

笛の音の洩れくる楽屋暮の秋

釣りを出す林檎売の手義手なりき

ななかまど抱いて白磁の炎えてをり

指先の火傷ななかまどのせゐに
星月夜吐息しづかに舞ひおさめ

手の平に冬日集まる過去未来

枯かづら剃す指にも記憶あり

告解の窓に唇寄せ冬の朝
握手して弟送る枯木立

片ひしぎ叫びて冬の幕上がる

冬帽子癌センターの売店に

北《プ》漢《カン》山《サン》空斬り平倉洞《ピョンチャンドン》寒し

＊北漢山（북한산）…ソウルの北側に位置し険しい稜線をなす花崗岩の山
平倉洞（평창동）…北漢山の麓にある町。数年をここで暮した

隙間風どうぞもともと風の家

寒星のしたキャッシュコーナーのまへ
溶くるまでしばし雪女でゐたし

朝食の家族しんしんしん雪しんしんしん
眠る子のまぶたの奥の雪の国

初御空がらんと蒼しぽかんとす

寒月に貌重なりぬ小さき窓

Ⅳ

解‥해へ

解く

七九句

寒紅を濃くす奈落を昇るとき

かたまりてすみれ光の駅となり

うすらひを渡る風あり臨津江《イムジンガン》

*臨津江（임진강）…北朝鮮を流れ、河口近くでソウル中心を流れる

春満月容れ仁王山《イナンサン》虎眠る

＊仁王山（인왕산）…ソウル鎮山のひとつで険しい稜線の岩山。昔、虎が棲んでいたという

ふるさとの春近景か遠景か

トンネルの果て連翹の揺れ萌ゆる

花冷や爪先立ちにひとを待ち

韓衣《からごろも》まとへば花のしづく落つ
手折りたる一枝白磁の花となり

土砂降りの初日見舞の桜餅

旅人に風の峠の飛花落花

満開は散るためにあり櫻の夜
しほざくらおおむすび母のひとりごと

人物録父を記《しる》してソウル東風

春昼の改札敬老パスでパス

雨やどり春はそこからえとせとら

道端のマスクうつ伏せ春匂ふ

含羞草《おじぎさう》抱いて韓屋《ハノク》のしづまりぬ

＊韓屋（한옥）…韓国の伝統家屋

相見禮《サンギョンネ》嫁ぎくる娘の額《ぬか》うらら

＊相見禮（상견례）…結婚する男女両家の顔合わせ

トウシューズ履いて少女の夏立ちぬ

姫女苑撫でつつバレエ教室へ

新緑の奥へ帰り道は迷路

白昼夢醒めあぢさゐの花を剪る

西城秀樹さん逝く

ふり向くなヒデキ夏雲越えてゆけ

玉砂利をシャッシャッシャッシャッ女坂すずし

ごみ捨て場葵一列屹立す

姫百合に似るブラウスのひと笑ふ

鋏もつ女来て断つ水冷麵《ムルレンミョン》

*水冷麵（물냉면）

夏空の下に祖国はありました

夏旺んナンボクトウイツ語りし夜

朝もやの明け夢に逢ふ合歓に逢ふ

沈黙は琥珀色なり梅酒酌む

白蝶の墜ちて底なき炎天下

唖蟬の夢深淵の灘を飛ぶ

不確かなままで握手を夏手袋

列を行く彌撒布《ミサポ》の女の額に汗

*彌撒布（미사포）…ミサのおりに女性が被るベール

笛の音を連れて白南風海に出る

炎天や自転車を飛ばせしあの日
大男となれる息子と夏の旅

うすものを纏ひて朝の海渡る

籠りゐて崩すものあり冷奴

大陸につづく半島夏の空

鶏頭花剪りて真青の天に挿す

アルバムを繰ればかなかな鳴きはじむ

もものせてちさきてのひらうすきちず

白芙蓉ことば足らずのままに果つ
ひぐらしの記憶の奥へ鈴鳴らす

あれからもずつとままごと赤まんま

韓舞《からまひ》『望恨歌《ばうこんか》』を舞う

東海に向ひて媼《おうな》遠砧

＊『望恨歌』…故多田富雄による新作能

十階の重患者室真夜の月

彼の世とは背中のあたり二日月

花野ゆく唄はセマッチ三拍子

＊セマッチ（세마치）…韓国伝統音楽の軽快なリズムの名称

爽籟や電線多き町に棲み

秋寒や男寺黨《ナムサダン》の子太鼓打つ

＊男寺黨（남사당）…朝鮮時代後期に発生したといわれる遊覧芸人集団

秋の空蹴り鉄棒の女の子

高層の夜業の窓を数へ過ぐ

混濁を経てマッコルリ澄める秋

＊マッコルリ（막걸리）…濁り酒

ポケットのマスクは薄し秋の蝶

息子にも妻ゐてとほき羊雲

この国を引つぱれ引つぱれ鰯雲

眼にふかくふかく沈めよ冬銀河

クレヨンの弾けて散りぬ星凍る

冬《ふゆ》薔《さう》薇《び》ルージュ濃くして古稀の姉

寒林に佇つ瘦骨の兄をみる

対話なき夜や鰭酒に火を点けむ

棄てられてマスクに貌の気配あり

劇場に奈落てふ階ありて冬

許しますただ愛しますす初茜

白き壺冬満月を抱きしめて

雪の朝生れし吾の胸の雪

舞初の白衣白足袋白マスク

初稽古ポソンの先に綿詰めて

＊ポソン（버선）…韓国の白足袋で先が反っている

日記帳閉ぢて人待つ春を待つ

花冷のかくれんぼおしまひおしまひ

黒田杏子先生の訃報を受けて

花の名のひと花待たず花の国

かくれんぼしたまま若葉風となり

さくらさくら一行の詩を舞へと舞ふ

「俳舞」《寒星座満つ一行の詩を舞へば　杏子》（「藍生」令和二年三月号）
黒田杏子先生へ返句

坂本龍一さん今生を終える

FMにSAKAMOTO流るソウル春

春満月この世にかれの曲渡り

句集　くりうむ　畢

あとがき

母国の舞を求めて韓国にやって来たのは、二十代半ばを過ぎた頃だった。未知のことばを学び、暮らし、そして毎日のように母国の音楽にのせて舞の動きをなぞった。日本も、日本語も遠ざけた。そうしなければいけないと決めていたのだ。曖昧はいやだ、私を本流にもどすのだ、と。でも、今思うと、そうすればするほど、ゆえに、その奥で、私は自分のほんとうのことばを探し、求めつづけていたのかもしれない。

俳句に出会ったのは韓国で暮らし二十年を過ぎた頃だった。十七音字で心を紡ぐ。背を向けていた日本語が瑞々しく私の前に現れた。日本語との再会。心地よく、豊かで、なによりも私に自然だった。あ、なるほど。そういえば、私は日本語で育った。私を作っているのは日本語なのだった。ことばの、感触や温度や匂いや風景や記憶……。同時に、この国で暮らしながら私のことばとなった韓国語。

心の肉体表現を契機に、心のことばの表現である俳句に出会い、惹かれていった。この二者は、互いに引っ張り合い、ときには退け合い、また絡み合い、寄り添ってふくらみ、抱き……そうして互いに在る、と思う。

句集の名、『くりうむ』（…愛おしさ、恋しさ、懐かしさ）。このことばにぴたりと当てはまる日本語がなく、ハングルをそのまま平仮名で表記することにした。

章立ての起・景・結・解（…起こす・展く・結ぶ・解く）は、韓国伝統音楽の長短（장단：チャンダン＝リズム）の基本的循環過程。この四つの柱が息遣いとなり、舞となる。解のあとに再び起となり景へと続き、巡り流れる。いまは、私のからだと心に沁み込んだリズムと息遣いでもある。

俳句を舞う〈俳舞〉を提案し、助言を下さった故李御寧先生に改めてクンジョル（큰절：膝をついてするお辞儀）を。忍耐をもって編集に当たって下

さったコールサック社の鈴木比佐雄代表、鈴木光影氏に感謝を捧げる。黒田杏子先生の愛弟子、現在、結社「青麗」の髙田正子主宰から厚い助力と序文を賜り、新たに設けられた「青麗文庫」にこの句集を入れて頂いた。心からの感謝を申し上げたい。これも師のお導き、と思えてならない。

二〇〇六年にソウルでお会いして以来、ずっと私を俳句へ導き、さまざまにお力を下さった黒田杏子先生。「句集を出しなさい、全力で応援します」と出版へ繋いで下さった。そして、いまも、なお、先生は私にあふれるほどのものを残して下さっている。

「本格俳人になるか」と問われた。はい。いま、先生にそうお返事します。先生から受けたご恩に、未熟な私は「実行」でお応えするのみです。

黒田杏子先生の一周忌をまえに

二〇二四年二月　雪の朝　ソウルにて　　　金　利恵

著者略歴

金 利恵（キム　リエ）

黒田杏子「藍生」を経て、髙田正子「青麗」会員。韓国舞踊家。両親とも幼くして韓国忠清道より渡日。1953年、東京都渋谷区に生まれ、武蔵野市で育つ。5歳よりバレエを習う。20歳のとき在外国民学生夏季学校に参加し、初めて母国を訪れる。民族意識に目覚め、通称姓「金子」を捨て本名「金」を名乗る。この頃、韓国伝統舞踊に出会い衝撃を受ける。中央大学文学部卒業後フリーライターとなるも、母国の舞踊を求め、1981年に1年間の本格修行の計画でソウルへ。同時に延世大学で韓国語を学ぶ。翌年、ソウルで結婚。以来、ソウル在住。

【俳歴】

2003年、ソウルで俳句を始め、「ソウル俳句会」入会。2006年、黒田杏子先生と出会い、その後師事。2008年、「藍生」入会。2017年、藍生新人賞。2020年、藍甕賞。2023年、黒田杏子逝去・「藍生」終刊を受け、髙田正子主宰の「青麗」入会。現在「ソウル俳句会」「青麗」各会員。

【舞踊家歴】

〈KBS 国楽大競演大会〉金賞受賞。重要無形文化財「살풀이춤（サルプリチュム）」「승무（スンム）」履修者。〈日韓文化交流基金賞〉受賞。〈Korean Traditional Music and Dance〉（Asian Society 主催　米州ツアー）、〈日韓音楽祭〉（東京芸術劇場、韓国国立劇場など）、〈韓舞―白い道成寺〉（東京新国立劇場・ソウル湖厳アートホールなど）、〈韓舞―望恨歌〉（名古屋芸術劇場）、〈水と花と光と〉（名古屋能楽堂など）、〈Cie Kim Ri Hae danse et percussions de Corée〉（パリ Théâtre de l'Epée de Bois）など国内外で公演やワークショップ多数。李御寧原案〈俳句を舞う―俳舞〉（銕仙会能楽研修所など）公演。

【著書】

『風の国　風の舞』（水曜社）

句集『くりうむ』（コールサック社）

石炭袋

青麗文庫 1
句集　くりうむ

2024 年 3 月 13 日初版発行
著　者　金 利恵
編　集　鈴木比佐雄・鈴木光影
発行者　鈴木比佐雄
発行所　株式会社 コールサック社
〒 173-0004　東京都板橋区板橋 2-63-4-209
電話 03-5944-3258　FAX 03-5944-3238
suzuki@coal-sack.com　http://www.coal-sack.com
郵便振替　00180-4-741802
印刷管理　（株）コールサック社　制作部

装幀　松本菜央　　題字　池多亜沙子

落丁本・乱丁本はお取り替えいたします。
ISBN978-4-86435-604-6　C0092　￥2000E